Mae'r llyfr

DREF WEN

hwn yn perthyn i:

_____

_____

_____

_____

Waldo a Dani

I Claire, Rob, Andrew a Philip

Cyhoeddwyd gyntaf yn Saesneg 2005
gan Piccadilly Press Cyf, 5 Castle Road,
Llundain NW1 8PR,
dan y teitl *Wilbie and Harry.*
Cyhoeddwyd yn Gymraeg 2005 gan Wasg y Dref Wen Cyf.
28 Ffordd yr Eglwys, Yr Eglwys Newydd,
Caerdydd CF14 2EA
Ffôn 029 20617860.

Argraffwyd yn Yr Eidal.

Hefyd gan Sally Chambers o Wasg y Dref Wen
Waldo yn ennill y Dydd
Tomi a Sŵn y Nos
Sgarff Barti

Waldo a Dani

Sally Chambers

Trosiad gan Hedd a Non ap Emlyn

DREF WEN

Roedd Waldo a Dani wedi bod yn ffrindiau mawr o'r diwrnod y cwrddon nhw â'i gilydd am y tro cyntaf.

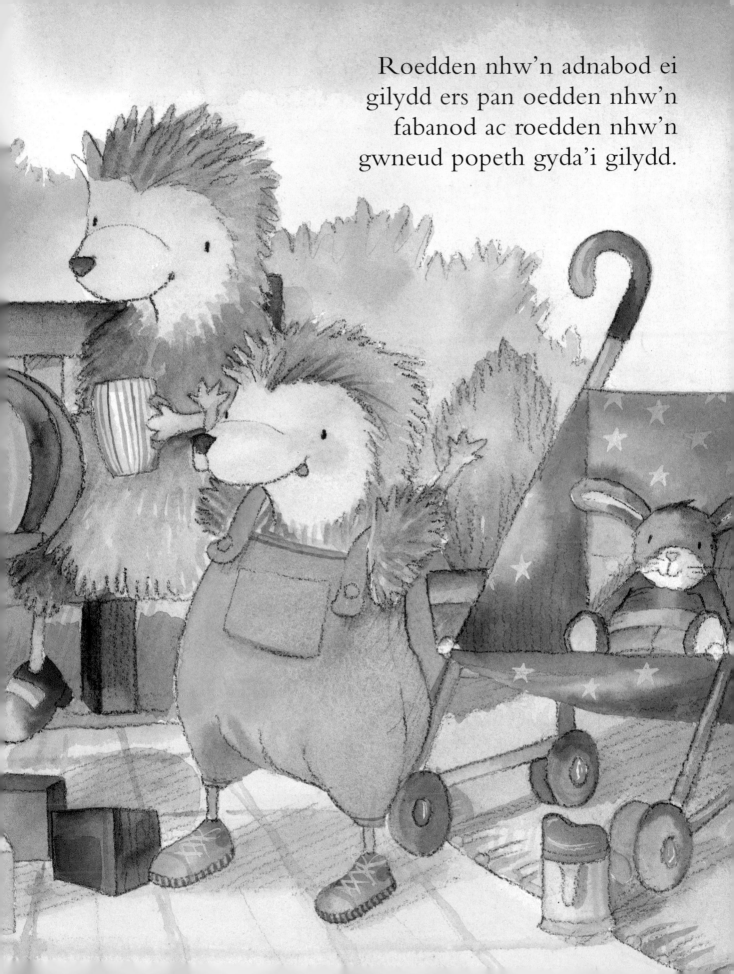

Roedden nhw'n adnabod ei gilydd ers pan oedden nhw'n fabanod ac roedden nhw'n gwneud popeth gyda'i gilydd.

Roedden nhw wedi dysgu i gerdded gyda'i gilydd.

Roedden nhw
wedi dysgu i
siarad gyda'i
gilydd.

Roedden nhw'n mynd i'r ysgol
gyda'i gilydd.

Roedden nhw'n
eistedd gyda'i gilydd
yn y dosbarth.

Roedden nhw'n cerdded adref
o'r ysgol gyda'i gilydd.

Roedden nhw'n
chwarae gyda'i
gilydd drwy'r
amser.

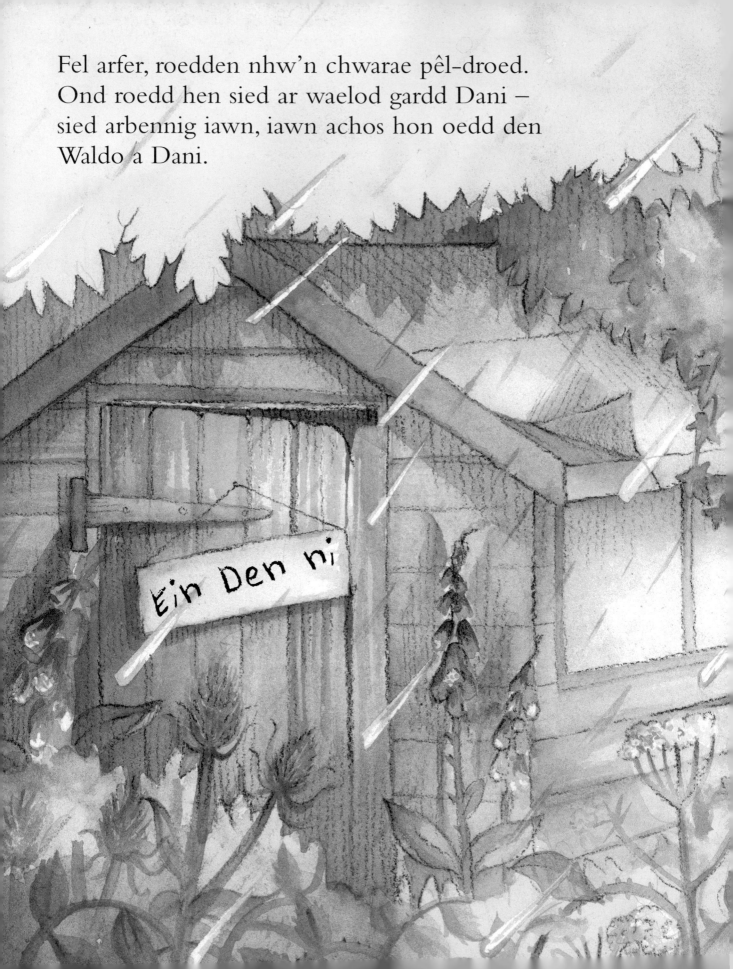

Fel arfer, roedden nhw'n chwarae pêl-droed.
Ond roedd hen sied ar waelod gardd Dani –
sied arbennig iawn, iawn achos hon oedd den
Waldo a Dani.

Dyma lle roedden nhw'n
mynd i chwarae os oedd
hi'n bwrw glaw.

Roedd Waldo a Dani wrth eu bodd yn y den. Bob wythnos, bydden nhw'n cynilo'u harian poced a'i roi mewn pot jam. Yna, pan fyddai'r pot jam yn llawn, bydden nhw'n mynd i'r siop i brynu pethau arbennig ar gyfer eu lle arbennig.

Pan fyddai'n bwrw glaw, bydden nhw'n
eistedd yn y den yn darllen cylchgronau
a thorri lluniau o'u hoff dimau.

Un diwrnod, pan oedd y pot
jam yn llawn iawn, tynnodd
Waldo fe oddi ar y silff ac aeth
e a Dani allan fel arfer …

Ond roedd heddiw'n ddiwrnod arbennig.
Roedd hi'n ddiwrnod Ffair yr Ysgol.

Ffair yr Ysgol

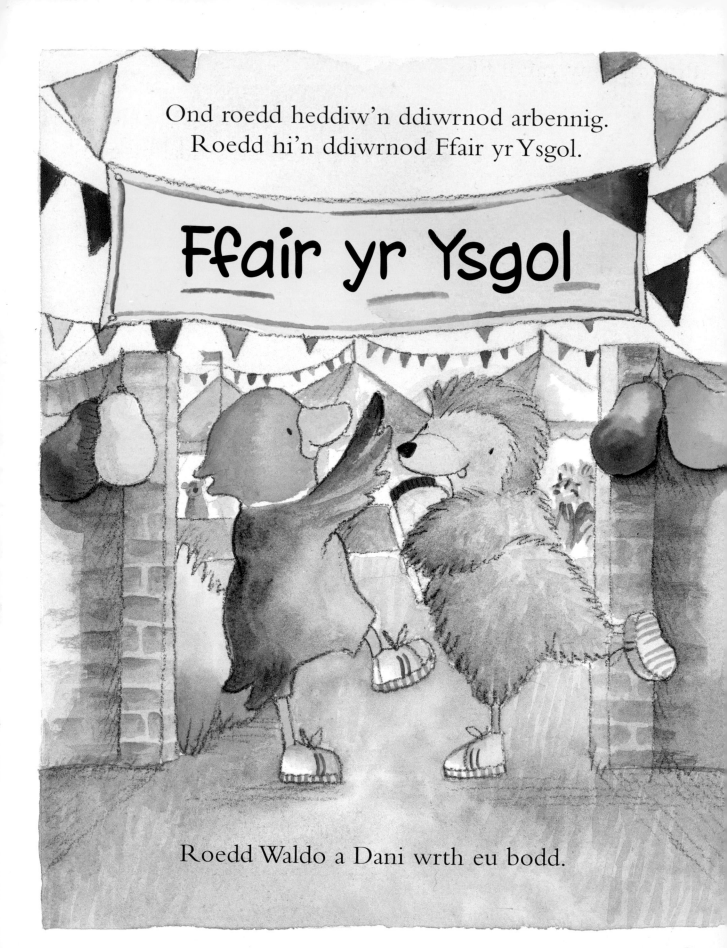

Roedd Waldo a Dani wrth eu bodd.

Prynon nhw gandi fflos
yn gynta.

Yna, trïon nhw ddal pysgod.

Yna, ceision nhw ddyfalu
pwysau'r gacen …

… a thaflu cylchoedd.

Cyn hir, roedd y pot jam bron yn wag.

Arllwysodd Dani yr arian ar y glaswellt. "Beth nesa?" gofynnodd e wrth iddo gyfri'r arian. "Edrycha!" gwaeddodd Waldo. "Raffl i ennill pêl-droed newydd sbon!"

Roedd digon o arian ar ôl ar gyfcr prynu dau docyn. Eisteddodd Waldo a Dani gyda'i gilydd ar y glaswellt ac aros i rywun dynnu'r raffl. O'r diwedd, roedd hi'n bryd tynnu'r rhif o'r het a chydiodd Waldo'n dynn yn ei docyn. Roedd e'n gyffrous iawn. "A'r enillydd yw …"

"…cant dau ddeg saith!"
Doedd Waldo ddim yn gallu
credu'r peth – roedd e wedi ennill!
Rhedodd Waldo i gasglu'r wobr.

"Rydyn ni wedi ennill,
rydyn ni wedi ennill!" gwaeddodd Dani
pan ddaeth Waldo'n ôl gyda'r bêl.

"Fy nhocyn *i* sydd wedi ennill!" dywedodd Waldo.
"Ond daeth yr arian o'r pot jam. Rydyn ni bob
amser yn rhannu'r arian sydd yn y pot jam,"
atebodd Dani. Ond roedd hi'n rhy hwyr.
Roedd Waldo ar ei ffordd adre gyda'i wobr.

Roedd Waldo wrth ei fodd gyda'i bêl newydd.

Dangosodd hi
i'w fam a'i dad.

Dangosodd hi
i'w fodryb a'i ewythr.

Dangosodd hi
i'r bobl drws nesa.

A dangosodd hi
i'r postmon hyd yn oed!

Pan aeth e i'r gwely, rhoddodd
y bêl wrth y gwely fel ei fod
e'n gallu ei gweld hi pan
fyddai'n dihuno yn y bore.

Y diwrnod wedyn,
gofynnodd Waldo i Dani
oedd e eisiau dod i chwarae.
Ond doedd Dani ddim yn
teimlo fel chwarae.

Felly, rhoddodd Waldo ei
hoff lyfr i Dani i'w ddarllen,
ond dywedodd Dani ei fod e
wedi ei ddarllen e o'r blaen.

Amser te, cymerodd Waldo
ddarn o gacen draw at
Dani. Ond doedd e ddim
eisiau'r gacen.

Dydd Llun, doedd Dani
ddim yn fodlon eistedd wrth
Waldo yn y dosbarth.

A'r wythnos honno, doedd
e ddim yn fodlon cerdded
adre gyda Waldo.

A'r penwythnos wedyn,
roedd yn rhaid i Waldo
chwarae pêl-droed ar ei ben
ei hun. Roedd e'n drist iawn.

Y noson honno, roedd Waldo'n methu
cysgu achos roedd e mor drist.
Roedd e'n gorwedd yn ei wely yn
syllu ar y bêl.

Roedd hiraeth arno am y den.
Ond yn fwy na dim, roedd hiraeth
arno am Dani.
Felly, penderfynodd e beth roedd
yn rhaid iddo ei wneud …

Y peth cynta y bore wedyn,
rhuthrodd Waldo draw i dŷ Dani.
Roedd Dani'n chwarae pêl-droed ar ei ben ei hun
yn yr ardd.

"Mae'n ddrwg iawn gyda fi, Dani," dywedodd
Waldo wrth iddo gerdded yn araf drwy glwyd yr ardd.
"Dydw i ddim eisiau'r bêl – dw i jyst eisiau i ni fod yn
ffrindiau eto. Fe gei di'r bêl – dw i eisiau i ti ei chael hi."

Edrychodd Dani i fyny'n araf. Roedd Waldo'n teimlo'n
nerfus achos roedd e eisiau Dani i fod yn ffrind iddo
unwaith eto.
"Beth am rannu'r bêl?" awgrymodd Dani.
"Gallwn ni ei chadw hi yn y den
yn ymyl y pot jam."

Roedd Waldo wrth ei fodd.

Roedd Dani wedi bod yn gobeithio y byddai Waldo'n galw heibio. Doedd e ddim eisiau bod yn gas wrth Waldo.
"Roedd hiraeth arna i amdanat ti," dywedodd Waldo.
"Roedd hiraeth arna i amdanat ti hefyd," dywedodd Dani.